AF332869

L'ANTIDOTE,

OU

RECUEIL

DE PLUSIEURS PIECES FUGITIVES,

SUR LES AFFAIRES DU TEMPS,

COMPOSÉES

PAR LE CHEVALIER FIDELE,

DÉDIÉ

A SA MAJESTÉ CATHOLIQUE.

DEUXIÈME ÉDITION,
Revue, corrigée et augmentée.

A LANTERNOPOLIS,

Capitale de la Barbarie Européenne, de l'imprimerie de Verax.

1791.

EPITRE

A

SA MAJETÉ CATHOLIQUE

LE ROI D'ESPAGNE.

Sire,

Par un principe d'humanité , dont je ne m'écarterai jamais, parce qu'il est absolument dans mon caractère de ne desirer le mal de qui que ce soit, pas même celui de mes plus cruels ennemis, quelque coupables que soient les traîtres qui ont osé renverser le trône des augustes ancêtres de Votre Majesté, usurper le pouvoir d'un Roi de vôtre nom, votre proche parent et votre allié ; s'emparer de sa personne sacrée ; l'emprisonner, et forcer les princes de son sang à une fuite précipitée ; je ne vous exciterai point à faire marcher con-tr'eux vos braves soldats, qui les auroient bientôt anéantis, malgré leur jactance ridicule, si vous les chargiez de cette importante commission.

Je me bornerai, tout simplement, à supplier Votre Majesté de vouloir bien agréer l'hommage que j'ai cru devoir lui faire du Recueil de quelques pièces fugitives, que je ne me suis déterminé à livrer à l'impression qu'afin de ramener, s'il est possible, mes concitoyens à la raison, sans le flambeau de laquelle l'homme ne peut manquer de s'égarer.

Je conçois l'étendue des dangers auxquels je m'expose, en leur reprochant les atrocités inouies que la plupart d'entr'eux exercent sans cesse contre les plus honnêtes gens du royaume, furieux qu'ils sont de les voir persister dans leur attachement et leur fidélité envers leur légitime souverain ; et c'est pour me soustraire à leur persécution, que j'ai formé le projet d'abandonner, pour toujours, ma patrie qu'il semble qu'on a entrepris de rendre odieuse à l'univers entier.

Si ma fortune ne se trouvoit pas diminuée par les effets de notre funeste et étonnante révolution, ce seroit à Madrid, ou dans quelque ville de l'Espagne, sans contredit, que j'irois fixer ma résidence ; mais la médiocrité de ma fortune s'y opposant, la Louisianne, où je me flatte qu'on voudra bien me concéder quelque terrein vague, si l'on ne juge pas à propos de m'y employer, sera l'endroit dans lequel je compte achever ma carrière. Comme cette colonie est également sous la domination de VOTRE MAJESTÉ, son séjour ne m'en offrira que plus d'attraits. Dussé-je d'ailleurs, pour aider à ma subsistance, être obligé d'y déchirer, de mes propres

mains, les entrailles de notre mère com-
mune, je m'estimerai infiniment moins malheureux, que si j'étois nécessité à vivre en
France parmi des fous et des enragés qui
auroient pu ajouter à la fertilité de leurs
terres, si, en immolant au plus absurde
des systêmes une multitude innombrable
d'innocentes victimes, ils avoient eu l'attention de ne répandre leur sang que dans
des lieux propres à la culture.

Si vous daignez, SIRE, faciliter mon
émigration, et user, à l'égard de mes vers,
de l'indulgence que mérite une muse sexagénaire, sensible à cette double faveur, et plein
de reconnoissance, je prierai l'Etre suprême
de prolonger les jours de VOTRE MAJESTÉ
au-delà du terme ordinaire , et de vous
combler de ses bénédictions.

Je suis, avec le plus profond respect,

SIRE,

DE VOTRE MAJESTÉ,

> Le très-humble et très-
> obéissant serviteur,
> LE CHEVALIER FIDELE.

RECUEIL

DE

PLUSIEURS PIÈCES FUGITIVES.

PROFESSION DE FOI DE L'AUTEUR.

Je ne suis point aristocrate,
Oligarche, ni démocrate.
Les maîtres que je sers sont au nombre de deux;
L'un règne sur la terre (1), et l'autre dans les cieux.

Autre quatrain.

Encor que de mon Roi, chose étrange, inouïe!
La puissance aujourd'hui, semble être anéantie,
Sujet toujours soumis, gémissant sur son sort,
Je lui serai fidèle, à la vie, à la mort.

(1) Ou doit régner.

Epitaphe de l'auteur.

Tranquille en attendant l'heureuse éternité ,
A Dieu je ne cessai de rendre mon hommage.
J'idolâtrai mon Roi , comme étant son image ,
Et servis ma patrie avec fidélité.

Prédiction consolante pour un Roi , une Reine , et leurs fidèles sujets.

Comme Nostradamus lisant dans l'avenir ,
   A son instar je vais prédire
   Ce qui doit bientôt survenir
   Dans un noble et fameux Empire ,
   Ayant le Rhin pour borne à l'Orient ,
   Au Nord la nation Belgique ,
   Une mer vaste à l'Occident ,
   Et vers le Sud la terre Aragonique.

   Deux ans après quatre-vingt-dix ,
A la suite d'un long et désastreux orage ,
Par la marmotte aidé , l'aigle ouvrira la cage
   Où languissoit tristement le Phénix.
Mais ce qui paroîtra chose encor plus étrange ,
De chapelets bénits une double phalange
S'ébranlant tout-à-coup , par de légers combats ,
Ramenera le calme au centre des débats ,
   Et soutiendra puissamment la partie

Contre les papillons liée et réfléchie,

Dont le succès ne surprendra

Que ceux à qui le nez d'un pied s'allongera.

Malheur alors à ceux qui sur la terre,

Au nom du Dieu de paix (1), ont excité la guerre.

Malheur à ces esprits inquiets, turbulens,

Lesquels du mal qu'ils font, chargent les innocens.

Malheur à vous, révolutionnaires,

Barbares assassins, pillards, incendiaires.

Malheur au porteur de papier,

Au capitaliste, au rentier.

Malheur aux écrivains (2) dont la plume enfiélée,

Ne rend la vérité que de noir barbouillée.

Malheur aux traîtres et félons,

Plus criminels cent fois que des larrons.

Malheur à l'informe cohue (3),

---

(1) Dans les premières séances des Etats-généraux, les députés du tiers, en s'adressant à ceux du Clergé et de la Noblesse, s'écrioient : au nom du Dieu de paix, réunissons-nous. Ils se sont réunis, et, pour récompense, leurs ordres ont été persécutés et détruits. Quelle perfidies !

(2) Il est incroyable combien d'exagérations, de mensonges et de calomnies on a imprimé, pour entraîner le peuple dans 'erreur, et l'y entretenir.

(3) L'Assemblée, par le bruit qu'on y fait journellement, et l'indécence qui y règne, peut bien être nommée une cohue.

Qui tantôt plaît au peuple, et que souvent il hue:
Malheur enfin à plus d'un *Chapelier*,
Ainsi qu'à certain comte aujourd'hui roturier (1).

Stances anx Français dévoyés.

Celui qui dans son Dieu place sa confiance,
Quels que soient ses revers, n'est jamais abattu;
D'un avenir heureux, il vit dans l'espérance,
Et triomphe de tout par sa propre vertu.

C'est ainsi que Louis, quoiqu'il soit dans les chaînes,
Dépouillé de ses droits, de son autorité,
Avant peu se verra délivré de ses peines,
Et maître de punir qui l'a persécuté.

Le crime n'a qu'un temps pour régner sur la terre;
Tôt ou tard la raison l'attaque, le poursuit,
Et ne se lasse point de lui faire la guerre,
Jusques à ce qu'il soit absolument détruit.

Français, qui vous vantez d'aimer votre patrie,
Considérez les maux que y causent vos erreurs;

----

(3) Le comte de Mirabeau a vendu, comme l'on sait, à Marseille, du drap à l'aune, afin de déroger à son état de noble, et être élu représentant du tiers aux états-généraux. Il est mort depuis la composition de cette pièce, et n'a été regreté que des scélérats, dont il s'est toujours montré le chef incomparable.

Et si vous prétendez que le Roi les oublie,
Tombez à ses genoux, baignez-les de vos pleurs.

Ce parti, croyez-moi, prudent, autant que sage,
Est le seul qui soit propre à calmer son courroux ;
Si vous le négligez, le plus terrible orage,
Préparé par le ciel, fondra bientôt sur vous.

―――――

Enigme.

Si trois frères avoient été d'intelligence,
Il est plus qu'apparent que je vaudrois mon prix ;
mais quand par le cadet les aînés sont détruits,
Je ne puis me flatter d'une heureuse existence.

Le papier-monnoie.

―――――

Avis aux étrangers.

Peuples divers, que l'on cherche à séduire
Et plonger, comme nous, dans un affreux délire,
Vous à qui l'on a dit, et souvent répété
Qu'en France on jouissoit d'une ample liberté,
Sachez qu'à chaque pas nous trouvons des entraves,
Et que plus que jamais nous sommes des esclaves.

―――――

Epigrammes.

I.

Sur les assignats décrétés par l'Assemblée.

Le beau gouvernement que celui de France !

Je lui prêtai mon or , ainsi que mes écus.
    Pour répondre à ma confiance ,
    Il me rembourse en torche-cûs.

I I.

Sur la dénomination baroque et ridicule des
départemens.

    Pourquoi chaque département
Qu'a formé l'Assemblée , a-t-il communément
Le triste nom d'un fleuve, ou bien d'une rivière ?
C'est que tomber dans l'eau , sera leur fin dernière.

I I I.

Sur une aventure qui m'est arrivée avec un député
de l'Assemblée.

Le vin, dans un repas , m'ayant rendu fort gai ,
    En plaisantant je monseigneurisai
    Un député de certaine assemblée ,
Par qui, de mille maux la France est accablée.
Les titres , me dit-il , ainsi que les honneurs,
Ne peuvent aujourd'hui servir qu'à nous déplaire.
Ah ! vous aurez , repris-je , et beau dire , et beau
    faire ,

Vous serez , selon moi, toujours de grands
saigneurs.

I V.

*Sur un excellent avis donné par M. Desprémesnil
à l'Assemblée, qui, loin d'y déférer, le traita
d'insensé.*

Desprémesnil , pour prix du plus sage conseil ,
Aujourd'hui d'insensé recevant l'épithète ,
Quand le peuple endormi sortira du sommeil ,
Dans son esprit léger passera pour prophète.

V.

*Sur la justification de MM. d'Orléans et
Mirabeau, prononcée par l'Assemblée.*

De d'Orléans et Mirabeau
Je n'ai jamais craint le supplice.
On brave l'échafaud, la corde , et le poteau
Lorsqu'on sait que pour juge on aura son complice.

V I.

*Sur la mort d'un grand scélérat, déifié par le
. Peuple de Paris.*

Suivant un auteur, reconnu

Pour le plus grand de nos poëtes (1),
La renommée a deux trompettes,
Une à la bouche et l'autre au cû.
De cette assertion la preuve est très-complette ;
Car lorsque Riquetti, surnommé Mirabeau,
Pour se rendre aux enfers descendit au tombeau ;
Elle annonça sa mort par l'endroit où l'on pète.

Stances irrégulières.

Heureux qui peut s'armer de patience,
Réprimer ses desirs, quand ils sont trop ardens ;
Et réfléchir qu'un mal qui vient en diligence,
Ne s'en retourne qu'à pas lens.

Je pleure, je gémis depuis plus d'un année,
Moins sur mon sort, que celui de mon Roi ;
Je n'ose ouvertement plaindre sa desinée,
Ni blâmer les tyrans dont il reçoit la loi.

Ce terme est long, il faut qu'on en convienne ;
Et que souvent le plus solide esprit,
Lorsqu'il lutte contre sa peine,
Y succombe, ou se rétrécit.

---

(1) Voltaire. Voyez la Pucelle.

Hé bien ! jusqu'à présent mon âme, soutenue
    Par un secret et noble espoir ,
A toujours pressenti qu'une main inconnue
Rangera, tôt ou tard , chacun à son devoir.

Oui , sans doute, on verra des médecins habiles
Accourir du Levant , du Nord et du Midi ,
Pour purger l'air infect dont nos champs et nos
    villes
Eprouvent la plupart un dommage infini.

    Vous qui vivez dans la souffrance
Au milieu du carnage et de l'embrasement,
    Nobles , soyez surs que la France
    Changera de gouvernement.

    Déja l'aigle armé de sa foudre ,
    Jettant ses regards sur les lys ,
    Se dispose à réduire en poudre
    Les monstres qui les ont flétris.

    Nos officiers, tous royalistes ,
    N'attendent que l'occasion
De montrer qu'en dépit de nos nouveaux légistes ,
Ils n'ont pour leurs décrets que de l'aversion.

    Plus d'un soldat dans le fond de son ame,

Envers Louis plein de fidélité,
Si l'on déployoit l'oriflamme,
Se rangeroit de son côté.

Le peuple enfin plongé dans la misère,
Ouvre les yeux, déteste ses erreurs,
Et pourra bien un jour décharger sa colère
Sur ceux qu'il sait en être les auteurs.

Epitre à la Nation Portugaise.

Depuis long-temps le Diable en enfer concentré,
Languissoit tristement au fond de sa chaudière.
Des écrivains français l'ayant trop dénigré,
Son nom n'inspiroit plus de terreur qu'au vulgaire.
Les esprits forts, nioient même qu'il existât,
Supprimoient les démons ses dignes satellites.
Sorciers, magiciens, jusque dans leur sabbat,
contrevenoient aux lois qu'il leur avoit prescrites.
Bref, pour peu qu'il tardât à réformer un mal,
Lequel ne provenoit que de sa nonchalance,
Il eût terni l'éclat de son sceptre infernal,
Et perdu pour jamais sa gloire et sa puissance.
Un jour, sortant enfin de l'assoupissement,
Il faut, s'écria-t-il, à la troupe enfumée,
Que j'abdique aujourd'hui votre gouvernement,
Ou que la Gaule en feu soit bientôt consumée.

C'est

C'est dans ce pays-là , plus qu'en tout autre en-
droit ,
Que l'on paroît avoir abandonné mon culte.
Rarement on m'y rend l'hommage qu'on me doit ;
Au contraire , on y joint le mépris à l'insulte.
Je jure par le fruit que porte le zacon (1) ,
Dont l'ombrage charmant fit toujours mes délices ;
Que je me vengerai , sans dilatation ,
D'un peuple renommé par ses fréquens caprices.

Ce discours achevé , Belzébuth , Grifaël ,
Astaroth , Belphégor , Béhémoth , Asmodée ,
Plusieurs autres encor que l'archange Michel
Jadis chassa du ciel , armé de son épée ;
Aux pieds de Lucifer , d'un air humble et soumis ,
Protestent à leur chef qu'embrassant sa querelle ,
Ils sont prêts à l'aider contre ses ennemis ,
Et de faire aux Français une guerre cruelle.
Au même instant les uns s'élançant par l'Etna ,
Ou du fond du Vésuve , abordent l'Armorique (2).

____

(1) L'arbre nommé zacon est placé , suivant les Maho-
métans , au milieu de l'enfer , et produit un fruit ressem-
blant à des têtes de mort.

(2) L'Armorique est le nom que portoit la Bretagne
avant que des peuples du pays de Galles vinssent l'ha-
biter.

B

D'autres, par le sommet du fameux mont Hécla,
D'Islande, en un clin-d'œil volent dans la Belgique.
Ensuite dirigeant leur marche vers Paris,
Ils vont se réunir au faubourg Saint-Antoine,
certains d'y rencontrer une foule d'amis
A répandre l'alarme experte autant qu'idoine.
Là, dans une taverne assemblant le conseil,
Après les complimens qui se font d'ordinaire,
Ils décident qu'avant le lever du soleil,
Cet astre aux malfaiteurs presque toujours con-
    traire,
Ils se disperseront dans les divers quartiers
Que renferme en son sein cette superbe ville;
Que l'on excitera les citoyens du Tiers,
Sur-tout les gens vêtus de pourpoints en guenille,
A lever l'étendard de la rébellion,
Anéantir les droits des deux ordres primaires,
Sapper les fondemens de la religion,
Et rendre le Roi nul de toutes les manières;
Que pour leur ralliement le mot de liberté,
Dont on parle souvent sans pouvoir le com-
    prendre,
Entre eux dorénavant sera seul usité,
Afin de mieux agir et de se bien entendre.

A peine ce décret est-il sanctionné,
Par les chefs des démons et leur clique maudite,

Qu'on vit de toutes parts le peuple mutiné,
Des plus honnêtes gens aller à la poursuite;
Assommer celui-ci, massacrer celui-là;
Pendre l'un à la corde où tient un réverbère;
En mutiler un autre; et du sang qu'il versa
S'abreuvant, faire outrage à la nature entière.

On ne finiroit pas, s'il falloit raconter
Tous les forfaits commis dans cette capitale,
En nommer les auteurs, ainsi que répéter
Les propos exhalés de leur bouche infernale.
Je glisse également sur les différens maux
Qui, plus ou moins cuisans, désolent nos pro-
     vinces;
L'incendie impuni d'un millier de châteaux (1);
La dégradation des Nobles et des Princes;
Les blasphêmes vomis contre le Créateur;
La profanation soufferte en mainte église;
Les meurtres exercés sur les oints du Seigneur;
La vente de leurs biens affichée et permise;
Les coffres de l'état sans argent et sans or;

---

(1) On ne m'a point brûlé de châteaux, attendu que je
n'en ai aucun; mais en revanche, on est entré dans la mai-
son que j'occupe, où l'on a enlevé généralement tout ce
que j'y possédois, et même ce qui ne m'appartenoit pas;
Voilà un des fruits de notre belle régénération!

La chute du commerce et des manufactures ;
La misère excessive, et qui s'accroît encor ;
De l'avenir enfin les tristes conjectures.

Tels sont les fruits amers des Etats-généraux,
Auxquels a succédé cette informe assemblée,
Où priment des brigands et des originaux
Qui, ne leur en déplaise, ont la tête fêlée.
Qu'on en juge d'ailleurs par l'expédition
Que les Parisiens, les cinq et six d'octobre (1789),
Firent subitement sous leur direction,
Et qui les a couverts d'un éternel opprobre.

Payés par d'Orléans, guidés par Mirabeau,
Dix mille vagabonds se rendent à Versailles ;
Les armes à la main pénètrent au château,
Et dans ses vastes cours se rangent en bataille.
La Reine, dans son lit, dormoit tranquillement,
Sans songer que d'aucun elle excitât l'envie,
Lorsqu'un garde-du-corps court précipitamment
L'avertir du danger qui menaçoit sa vie ;
Mais à peine à son poste il étoit de retour,
Qu'un groupe d'enragés l'entoure, et l'assassine ;
Honteux d'être témoins du zèle et de l'ambur
Qu'il venoit de marquer envers cette héroïne.
Ses confrères épars éprouvent même sort,
Sur-tout ceux qui pour lors étoient en sentinelle ;

Rien n'étant plus aisé que de les mettre à mort,
Avec un coutelas on leur fend la cervelle.

La Reine cependant, et son auguste époux
Paroissent au balcon, les yeux baignés de larmes;
Devant les révoltés fléchissant les genoux,
Les conjurent tous deux de poser bas les armes.
Voulez-vous, disent-ils, verser encor du sang,
Pour avoir refusé d'arborer vos cocardes?
Approchez; à vos coups nous offrons notre flanc;
Plongez-y vos poignards; mais épargnez nos
   gardes.

Proféra-t-on jamais un discours plus touchant
Et plus propre à calmer la fureur populaire?
Aussi l'on s'apperçut que de ce même instant
Le plus grand scélérat sembla moins téméraire.
Je tire le rideau sur ce qui précéda
Le départ du Monarque, et son affreux cortège (1).
Il suffit d'avouer que mon corps frissonna
Quand je le vis partir et tomber dans un piége

____

(1) La troupe infâme qui escorta le Roi depuis Versailles jusqu'à Paris, portoit en triomphe les têtes de ses
gardes au bout d'une pique. Quel triste et abominable
spectacle!

Secrètement tendu par un ambitieux (1),
Qui, dès ses jeunes ans, s'abandonnant au vice,
Dégénéra bientôt de ses braves ayeux,
Et ne peut, quoi qu'il fasse, éviter le supplice.

Depuis ces jours d'horreur, comme François pre-
  mier,
Que Charles, dan Madrid, faisoit garder à vue,
De ses propres sujets aujourd'hui prisonnier,
Mon Roi consent à tout, de peur qu'on ne le tue.
Comment les potentats, dont sa cause est la leur,
Peuvent-ils froidement envisager ses peines?
Tandis que l'un d'entre eux, s'il lisoit dans mon
  cœur,
Lui seul entreprendroit de dissoudre ses chaînes.

Arbitre souverain de la terre et des cieux!
Daigne assister Louis et Marie-Antoinette;
Conserve du Dauphin les jours si précieux,
Et rétablis le calme, en leur ame inquiète;
Protège les François fidèles à leur Roi;
Accorde ton secours aux ecclésiastiques
Qu'opprime une assemblée illégale et sans foi;

---

(1) On reconnoîtra facilement à ce portrait quel est le
prince dont il s'agit.

En fulminant contre eux cent décrets tyranniques;
Du noble qui gémit sous le poids du malheur,
En voyant chaque jour s'accroître l'anarchie,
Soutiens la patience, et sois le défenseur;
Jette un regard bénin sur ma triste patrie.

Portugais! qui toujours fûtes chers à mon cœur,
Soyez persuadés que sur cet hémisphère
L'entière liberté, comme le vrai bonheur,
Sont, pour qui les recherche, une pure chimère.
Strictes observateurs de vos antiques loix,
Servez et respectez votre pieuse Reine (1);
Soyez obéissans, dociles à sa voix;
Voyez l'ombre de Dieu dans votre souveraine;
Préservez-vous sur-tout de ce mal Gallican,
Qu'on peut, à juste titre, appeler une rage;
Il prit son origine au pays Anglican,
Et tente, en ce moment, de percer jusqu'au Tage.
Puisse le protecteur et maître des Etats,
Détourner ce fléau de la Lusitanie (2),
Dont le séjour paisible a pour moi tant d'appas,
Que j'y voudrois passer le reste de ma vie.

———————————————————————

(1) C'est une Reine qui occupe actuellement le trône en Portugal.

(2) Le Portugal se nommoit anciennement la Lusitanie.

B 4

Hymne des Royalistes pour le temps paschal 1792.

Sur l'air : *O filii et filiæ.*

Réjouissez-vous , bons Français,
Le plus infortuné des Rois
Recouvrera bientôt ses droits.... Alleluia.
Alleluia, alleluia , alleluia.

Sortant de son état passif,
Il quittera l'exécutif,
Et reprendra l'impératif.... Alleluia.

D'Artois justement indigné
De voir captif son frère aîné,
Est comme un lion déchaîné.... Alleluia.

Dans Worms, Condé , la foudre en main,
Prépare le fer et l'airain,
Pour délivrer son souverain.... Alleluia.

Bender , général de renom,
Vainqueur du peuple Brabançon,
Au prince se joindra , dit-on.... Alleluia.

Le Sarde bien discipliné,

Au-delà des monts cantonné,
Marchera vers le Dauphiné.... Alleluia.

L'Espagnol sujet d'un Bourbon,
Avec la même intention,
Traversera le Roussillon.... Alleluia

Ces guerriers s'étant réunis
Dans les environs de Paris,
En pleurs y changeront les ris.... Alleluia.

Cent mille sujets de Louis,
A ses loix constamment soumis,
Iront au-devant comme amis.... Alleluia.

Malheur alors aux députés,
Dont les décrets mal fagotés
N'ont produit que calamités..... Alleluia.

Malheur à vous, Parisiens,
Qui tenez dans d'étroits liens
Vos maîtres, ainsi que les miens.... Alleluia.

Qui que ce soit ne vous plaindra,
Lorsqu'on vous écartlera;
Au contraire, on jubilera.... Alleluia.

Dans ce triste et fatal moment,

Vous regretterez vainement
D'avoir faussé votre serment.... Alleluìa.

Au lieu de chanter ça ira ,
Plus d'un parmi vous s'écriera
Dies iræ ! dies illa !.... Alleluia.

Tandis qu'il en est encor temps ,
De vos crimes résipiscens ,
Pleurez sur vos égaremens.... Alleluia.

Aux pieds du Roi prosternez-vous;
Tâchez de fléchir son courroux :
Vous savez qu'il est bon et doux.... Alleluia.

Prenez , croyez—moi, ce parti;
Je vous le conseille en ami ,
Et desire qu'il soit suivi.... Alleluia.

––––––––––––

Stances irrégulières.

De nos fameux représentans
Rien ne constate mieux l'excessive folie,
Que la quantité d'émigrans
Qui quittent chaque jour leur ingrate patrie.

Vexez par des décrets violens , destructifs ,

Et voyant le Royaume en proie au brigandage,
En se réunissant aux princes fugitifs,
Ils prennent, selon moi, le parti le plus sage.

C'est ainsi que chez l'étranger
Passe insensiblement tout notre numéraire,
Et que nous présentons constamment à l'histoire
Le tableau d'un peuple léger.

Encor si nous n'étions qu'inconstans et frivoles,
Sans cesser d'être bienfaisans;
Mais en tous lieux nous tenons des écoles (1),
Pour enhardir au crime et former des tyrans.

----

(1) Dans presque toutes les villes du Royaume, et même dans plusieurs bourgs et villages, il s'est fermé des clubs sous le nom spécieux de patriotiques, d'amis de la constitution, de la liberté, etc. Ce sont autant d'écoles où l'on enseigne publiquement l'irreligion, l'indépendance des peuples à l'égard de leurs légitimes souverains, la persécution des hommes vertueux, le mensonge, la calomnie, le pillage, le meurtre, l'incendie, et généralement tout ce qui peut contribuer à l'égarement de l'esprit humain.

En vérité, lorsque je réfléchis sur les maux incalculables qui résultent chaque jour de cette morale affreuse, je suis tenté de croire que ceux qui la professent sont autant de démons que l'enfer a vomis sur la terre, pour la réunir à l'empire du diable, en commençant par lui assujétir la France.

Avec Rome nous faisons schisme,
Et persécutons vivement
Ceux qui, pour le catholicisme,
Conservent quelqu'attachement.

Fut-il jamais nation sur la terre,
Qui, vantant comme nous sa modération,
Sans le moindre sujet, ni prétexte de guerre,
Eût osé sur le pape usurper Avignon?

Lorsque les serviteurs commandent à leur maître,
Et, comme un criminel, le tiennent en prison,
De ce désordre affreux, hélas! il ne peut naître
Que trouble, effroi, misère et désolation.

Au lieu de corriger, on a voulu détruire
Le bon, ainsi que le mauvais.
De deux moyens c'étoit choisir le pire;
Mais notre vanité n'en conviendra jamais.

On trouvoit à redire à notre ancien régime;
Pour cela falloit-il en créer un nouveau?
On devoit employer la lime,
Et non se servir du marteau.

Vases fragiles que nous sommes,
Il nous sied bien de prescrire des loix.
Ah! s'il existe un droit des hommes,
Il appartient par préférence aux Rois.

Dès que sur eux la providence
Se repose du soin de régir les États,
C'est fronder ses projets, et lui faire une offense ;
Que d'insulter les potentats.

D'illusions et de chimères,
Tant que nos cœurs seront épris ;
Loin d'atténuer nos misères,
Tout, au contraire, ira de mal en pis.

Peuple extravagant, et barbare !
Ouvre les yeux reconnois tes erreurs,
Et par ton repentir, ainsi que par tes pleurs,
Préviens le châtiment que le ciel te prépare.

Prédiction concernant l'abbé Maury.

Si quelque main barbare et sacrilège
N'abrège pas les jours du célèbre Maury,
Nous le verrons admis dans le sacré collège,
Et d'un trône ébranlé le plus solide appui.

Pour le bonheur de ma patrie
Et pour ma satisfaction,
Puisse cet prédiction
Etre incessamment accomplie.

L'utilité de l'assemblée, ou le métier en est bon.

Un des membres de l'Assemblée,
De qui la main n'est pas gelée,
Lorsqu'en silence, et clandestinement,
Ils partagent entre eux notre or et notre argent,
Vient d'écrire à son fils, citoyen de la Bresse :
« A la prochaine élection,
» Pour être député, sers-toi de ton adresse,
» Et tu verras combien le métier en est bon. »

Vous qui doutez de tout ce qui vous contrarie,
Clubistes que l'enfer un jour engloutira,
Informez-vous du fait, je vous en prie,
Bourg entier vous l'attestera (1).

Réponse que l'Assemblée fera indubitablement à ceux qui s'obstinent à lui demander un compte exact de son administration des finances de l'Etat.

Français, que vous êtes plaisans,
Quand vous demandez compte à vos Représentans.

---

(1) Excepté MM. Populus, père et fils, qui ont in-
térêt de n'en pas convenir.

Les souverains sont-ils donc des comptables?
Et peut-on soupçonner que nous soyons capables
De nous approprier la fortune d'autrui ?
Dussiez-vous contre nous exercer votre rage,
   Vous n'en recevrez point d'autre que celui-ci ;
» L'Etat devoit beaucoup ; il doit bien davantage.

VALET I.

La mort de Gille, citoyen actif, membre d'un
   Club patriotique, et partisan, jusqu'à la rage,
   de notre paisible, heureuse et très-sainte révo-
   lution.

      Un certain enfant de famille
         Qui, m'a-t-on dit, se nommoit Gille,
      S'imaginant à son père être égal,
         Le traitoit quelquefois fort mal ;
         Lui reprochoit son avarice,
         Et l'appelant vieil radoteur,
      Ours mal léché, singe plein de malice,
   Lui faisoit de son bras sentir la pesanteur.
   Trop foible et trop âgé pour pouvoir se défendre,
   Le bon-homme juroit contre l'égalité,
         Et maudissóit la liberté
   Qu'on a de tout oser, et de tout entreprendre,
         Depuis que, sur ces deux objets,

L'Assemblée a rendu de merveilleux décrets.
A la fin, perdant patience,
Il vendit tout son bien, le convertit en or,
Et parvint jusques à Coblence,
Lorsqu'on croyoit qu'au lit il sommeilloit encor.
Gille est à peine informé de sa fuite,
Qu'il court vîte au district, pour le faire arrêter.
Il murmure, menace, et dit qu'à sa poursuite
La garnison entière à cheval doit monter.
Comme on ne lui répond que par un grand si-
lence,
Ce brave citoyen se livre au désespoir,
Et rentrant chez lui vers le soir,
Sa porte, avec un clou, lui servit de potence.

C'est ainsi qu'a fini ses jours
Un de nos meilleurs patriotes.
Priez pour lui, clubistes, ses amours,
Et vous aussi, messieurs les sans-culottes
Car s'il avoit vécu, de dettes obéré,
Il se seroit chez vous sans doute incorporé.

Dénonciation

Dénonciation faite par le Roi à l'Assemblée, ainsi qu'à ses bénéficiers, fauteurs et adhérens.

Louis, par la malice du diable, et les intrigues de ses suppôts, Roi des Français, des barbares et des cannibales,

Aux abominables et sanguinaires députés qui tiennent leurs assemblées, aussi indécentes que tumultueuses et illégales, dans les écuries de notre château des Tuileries, et y occupent le côté gauche; signe visible de leur rébellion.

Aux avides, insatiables et cruels administrateurs des départemens, districts et municipalités des villes, bourgs et villages ci-devant soumis à notre domination; mais que l'aveuglement, et le délire de l'esprit humain en ont détaché jusqu'à nouvel ordre.

Aux ignorantissimes juges de pets, et autres

C

siégeans dans les tribunaux d'injustice établis
par les décrets de la prétendue assemblée na-
tionale du Royaume de France, qu'elle a mé-
chamment, et traîtreusement assassiné, *Do-
nec resurgat.*

Aux très-redoutables inquisiteurs généraux,
exerçans leurs fonctions tyranniques dans la
ville d'Orléans, à la honte éternelle de ses
stupides habitans, qui auroient dû tout d'a-
bord, à leur arrivée, les sacrifier aux mânes
de l'infortuné Favras.

Aux enragés du club des Jacobins, et des
différentes villes qui y correspondent, lesquels tous ensemble forment une compagnie,
ou confrérie, cent fois plus redoutable que
ne l'est la Sainte-Hermandad d'Epagne.

Aux évêques et curés de Balle, temporaires,
intrus, schismatiques, conséquemment ex-
communiés, qui occupent des bénéfices, que
des gens consciencieux, et remplis de vertu,
ont préféré d'abandonner, plutôt que de souil-
ler leur âme, en faisant un serment absolu-

ment contraire aux lois canoniques qu'ils ont juré d'observer, lorsqu'on leur a conféré le sacerdoce.

Aux durissimes et insolentissimes geoliers de la prison dans laquelle nous languissons, pleurons et gémissons depuis dix-huit mois, lesquels seroient réprimandés et châtiés très-rigoureusement s'ils nous perdoient de vue, même lorsque nous sommes sur notre chaise percée.

Aux traîtres et félons, séditieux, imposteurs, calomniateurs, brigands et vagabonds soldés; faussaires, voleurs, pillards, incendiaires, assassins, fabricateurs des assignats, tant vrais que faux, espions à gages, vendeurs d'or et d'argent monnoyé; sang-sues du peuple (1), perturbateurs du repos public,

____

(1) Comment Mirabeau l'infame, étant sept fois gueux, lorsqu'il a paru pour la première fois à l'Assemblée, a-t-il pu, dans l'espace de 18 mois, malgré ses dépenses excessives, acquérir une fortune considérable? Il est entré sans doute dans la direction de quelque moulin à papier que tout le monde connoît, et dont on se méfie avec raison.

et autres de la même cathégorie que nos tyrans communs accueillent, protègent et encou-
ragent, pour cause à eux connue, ainsi qu'à
beaucoup d'autres, *banqueroute, maux ai-
gus, exécration et malédiction*.

MONSTRES INCARNÉS, nous prenons la
liberté de vous informer, avec le respect
et la soumission, dont un malheureux
esclave, tel que nous sommes, ne sau-
roit s'écarter envers ses maîtres, sans s'ex-
poser à perdre la vie, que, malgré la vigi-
lance incroyable des argus qui nous environ-
nent sans cesse ; et observent scrupuleusement
jusqu'à nos moindres actions, paroles, mi-
nes, gestes, etc. Il nous est néanmoins par-
venu, nous aurions peine à dire comment,
une petite brochure intitulée : l'ANTIDOTE, ou
*Recueil de plusieurs pièces fugitives, com-
posées par le Chevalier Fidele, dédié à Sa
Majesté Catholique, et imprimé à Lanternopolis, capitale de la Barbarie européenne;
par Verax, mars* 1791.

Nous ne vous dissimulerons pas qu'en déro-

bant quelques momens à notre sommeil toujours intermittant et agité , depuis qu'il a plu
aux auteurs, et fauteurs salariés de la révolution
actuelle , de venir l'interrompre à Versailles
la nuit du 5 au 6 octobre 1789. Pour nous
rendre témoin oculaire du massacre de nos
fidèles gardiens, dont le sang crie vengeance,
nous avons lu, avec beaucoup d'attention, la
susdite brochure, et que si elle nous a paru
contenir des vérités flatteuses et consolantes
pour notre personne ; d'un autre côté, nous
avons compris combien elles devoient vous
scandaliser, vous autres, qui en êtes les en—
nemis déclarés , qui ne négligez aucun moyen
pour les empêcher de percer, et qui au con—
traire employez toutes sortes de ruses et
d'artifices pour les tenir dans les ténèbres,
de crainte qu'elles ne viennent à soulever le
voile qui sert à couvrir vos iniquités.

Ainsi donc vos intérêts se trouvant diamé-
tralement opposés aux nôtres ; après avoir
mûrement réfléchi sur la position critique
dans laquelle nous sommes, et qui ne permet
pas que nous agissions suivant nos affections

particulières ; considérant en outre que vous pourriez nous soupçonner d'être les approbateurs des écrits que vous qualifiez mal à propos d'aristocratiques , puisque ceux qui les composent affichent le plus pur royalisme ; encore qu'il en coûte infiniment à notre cœur sensible et reconnoissant , de vous sacrifier les œuvres d'un auteur que son zèle pour son Roi expose à votre ressentiment , nous nous sommes néanmoins déterminé à vous les dénoncer ; comme , en effet nous vous les dénonçons , de même que plusieurs ouvrages de la même trempe , dont votre trop grande douceur , qu'on ne se lasse point d'admirer , tolère trop patiemment la circulation. Nous avons tout sujet de croire que vous n'omettrez rien pour l'arrêter, et que vous prendrez de vigoureuses mesures , afin que le susdit Antidote ne produise aucun effet sur l'esprit du peuple , malgré l'extrême besoin qu'il a d'en faire usage.

Continuez , au reste , de le repaître de chimères et d'espérances trompeuses ; nous verrons par la suite , c'est-à-dire , lorsque sa misère , dont il se plaint déja assez ouvertement , sera parvenue à son comble , quelle sera la récompense de l'ardeur que vous avez marquée pour l'y plonger.

Fait dans notre prison des Tuileries , en présence et de l'avis des sieurs Bridoison , Lagrue , Marchaterre , Platpied , Goujat et Poulailler , nos ministres et conseillers actuels , le huitième jour d'avril de la deuxième année d'abomination , et la seconde de notre captivité.

Signé LOUIS.

Et plus bas: SACRIPANT , secrétaire-espion de Sa Majesté très-à-plaindre.

Epitre à une femme de beaucoup d'esprit , et Royaliste dans l'ame.

Honneur du sexe féminin ,
Femme aimable et spirituelle ,
Recevez de la part du Chevalier Fidele ,
Des fruits cueillis dans son jardin.

De cet été la sécheresse
A mis obstacle à leur grosseur;
Mais, quelle que soit leur petitesse,
Il vous les offre de bon cœur.

Faut-il qu'il soit sexagénaire,
Reclus dans sa coquille, ainsi qu'un limaçon!
Plus jeune il vous feroit, DOURIN (1), un autre don,
Sur lequel le respect le force de se taire.

Ah! si les dieux daignoient le rajeunir,
Comme l'époux de la charmante Aurore,
Dans vos bras il voudroit mourir,
De crainte de vieillir encore.

____

(1) Dourin est l'anagramme du nom de la personne à
qui cet épitre s'adresse.